AF613376

BERTHOLDE A LA VILLE,

OPERA-COMIQUE, EN UN ACTE.

Représenté pour la premiere fois sur le Théâtre de la Foire S. Germain le 9 Mars 1754.

Le Prix est de 24 s. avec la Musique.

A PARIS,
Chez DUCHESNE, Libraire, rue S. Jacques, au-dessous de la Fontaine S. Benoît, au Temple du Goût.

M. D. CC. LIV.

Avec Approbation & Privilège.

PERSONNAGES.

BERTHOLDE, *Paysan des environs de P...is*,	Mrs.	PARAN. de HAUTEMER.
M.DORIMON *Traitant*	Mrs	LA RUETTE. de HAUTEMER.
Mlle. CATIN, *Actrice.*		DE VILLIERS. QUINSON.
LISETTE, *jeune Paysanne.*	Mlle.	ROZALINE.

La Scene est à Paris chez M. DORIMON.

BERTHOLDE A LA VILLE, *OPERA-COMIQUE* EN UN ACTE.

SCENE PREMIERE.

BERTHOLDE, *ſeul examinant le Sallon de M. Dorimon.*

AIR. *Roſſignol, ton chant eſt beau !*

ORBLEU que voilà que c'eſt beau,
Oh, oh !
Cela coûte bonne ſomme !
L'or brille à chaque Panneau.
Oh, oh !
C'eſt trop g[illegible] pour un ſeul homme.

Passe encor si c'étoit quelqu'un d'importance ;
Mais un Bourgeois de Finance
Prendre son essor si haut.
Oh, oh, oh !
Quelle Cage pour tel oiseau !

AIR. *Du haut en bas.*

Qu'on est heureux
Dans ce monde quand on est riche !
Qu'on est heureux,
On peut contenter tous ses vœux ;
Et surtout quand on n'est pas chiche,
Que de bons morceaux on déniche !
Qu'on est heureux !

AIR. *Hélas ! la pauvre fille.*

Ah, ma pauvre Lisette
Que tu risques beaucoup !
Te voilà ma Poulette
Dans la gueule du Loup.

AIR. *Palsambleu Monsieur le Curé.*

Eh ouidà Monsieur le Galant,
Vous voulez croquer nos Filles.
Oh ! vous n'en tâterez que d'une dent ;
Vendez ailleurs vos coquilles.

SCENE II.

BERTHOLDE, LISETTE.

BERTHOLDE.

AIR. *Mon Pere aussi ma Mere.*

MAIS j'apperçois Lisette,
Dieux ! comme la voilà.
Ah, ah, ah !
Tout comme une Coquette :
Elle est mise déjà,
Ah, ah, ah !
Tout ci, tout ça,
A c't'air-là,
J'augure mal de cela.

LISETTE.

AIR. *Non, non Colette n'est point trompeuse.*

Non, non, Lisette n'est point légere,
Elle t'a donné sa foi.
Peut-elle songer à plaire
A d'autres Galans que toi ?
Non, non, &c.

BERTHOLDE.

AIR. *De la Coupe enchantée.*

Quand tu me fis de si tendres promesses,

Tu n'avois vû que ton hameau :
L'air de Paris guérit de ces foiblesses,
On s'y fait un plan tout nouveau.
De ces gens-ci ne prends pas la maniere.
Tout est chez eux, adresse & fausseté :
Leur bouche parle un langage apprêté,
Et leur cœur dit tout le contraire.

ARIETTE PREMIERE. N° 1.

Quand le hasard,
Ensemble
Les rassemble
Quelque part ;
» Bon jour mon cher Monsieur,
» Embrassons-nous, d'honneur,
» Je suis de bon cœur
» Votre serviteur,
Et dans le même tems
Il rit à ses dépens
Entre les dents.

LISETTE.

AIR. *Si des Galans de la Ville.*

Des beaux Messieurs de la Ville
Je méprise les discours,
Et ne suis pas si facile
Que d'écouter leurs amours :
Monsieur Dorimon lui-même
M'offre envain tout son thrésor.
Je t'ai juré que je t'aime,
Je te le repete encor ;
Des beaux Messieurs, &c.

BERTHOLDE.

AIR. *Ton petit minois sans défaut.*

Ma chere enfant, la clef des cœurs,
Ou la clef d'or c'est la même :
C'est du moins celle des faveurs ;
Donne si tu veux qu'on t'aime.
S'il t'offre tous ses biens,
Tiens,
C'est qu'il suppose
Qu'une fille qui prend,
Rend
Quelqu'autre chose.

LISETTE.

AIR. *Des Sabottiers Italiens.*

Ne suis-je donc pas fille d'honneur ?
As-tu, de perdre mon cœur,
Peur ?
Non je n'en veux point d'autre que toi ;
Quand il seroit par ma foi
Roi.
Ce n'est pas moi qu'on séduit par des présens.
Va, tu verras de quel air je me défens.

BERTHOLDE.

J'entends bien ce que tu me promets,
De ne l'épouser jamais,
Mais,
Te voilà dans un pas bien glissant,
Il a de l'argent comptant,
Tant.

LISETTE.

ARIETTE SECONDE. No 2.

Tel qu'un petit oiseau
Folâtre sous l'ormeau,
Je sens l'amour badin
S'agiter dans mon sein.
Ah ! quel plaisir charmant !
Quel ravissement !
Il sautille,
Il frétille,
Il petille.
Mon cœur, Dieu plein d'attraits,
Se livre à tes traits.

Second Couplet.

Dans le fond de mon cœur,
L'Amour d'un ton flatteur,
Tel que l'Echo des bois,
Répete mille fois
Ah ! quel plaisir charmant, &c.

BERTHOLDE.

AIR. *Des Fraises.*

Jure donc que l'on rompra
Tous ces desseins bisarres,
Que Berthold' t'épousera,
Et donne-lui sur cela
Des arrhes, des arrhes, des arrhes.

Il l'embrasse.

SCENE III.

M. DORIMON, LISETTE, BERTHOLDE.

M. DORIMON.

AIR. *N'y a pas de mal à çà.*

AH, quel téméraire ?
Il me le payera.

LISETTE.

Monsieur, c'est mon frere,
Il a ce droit-là.

M. DORIMON.

N'y a pas de mal à çà.

AIR. *Laire là, laire lanlaire.*

Quoi ! c'est ton frere, mon enfant ?
Je le prenois pour ton Galant :
En ce cas, c'est une autre affaire.

LISETTE, *ironiquement.*

Laire là, laire lanlaire,
Laire là, laire lanlà.

M. DORIMON.

AIR. *Des Billets doux.*

Pour Secretaire je le prends,
Je lui donnerai mille francs,
S'ils peuvent lui suffire.

BERTHOLDE.

Moi, je ne recule jamais:
Oui, j'accepte cet emploi; mais
Je ne sçais pas écrire.

AIR. *Dans le fond d'une Ecurie.*

Plûtôt, si c'est votre envie,
Près de vous de m'employer,
Prenez-moi pour Ecuyer,
Car au soin de l'Ecurie,
Je suis plus propre en effet
Qu'au travail du Cabinet.

M. DORIMON.

AIR. *Ma raison s'en va beau train.*

Soit, par ce moyen, ta Sœur
Que j'aime de tout mon cœur,
Voudra bien aussi
Demeurer ici,
Comme ma Gouvernante:
Dans ma maison,
Elle aura nom
De la Surintendante.
Lon-là.
De la Surintendante.

LISETTE.

AIR. *Pour la Baronne*

Avec mon Frere
J'y peux rester avec plaisir ;
Mais sans lui, je ne puis rien faire,
J'étois même prête à partir
Avec mon Frere.

DORIMON, *à Bertholde.*

AIR. *Paris est au Roi.*

Mon cher, en ce cas,
Suis-moi de ce pas ;
Viens voir tous mes habits,
Essaye, & choisis :
Ton nouvel état
Demande un éclat,
Librement prends tous ceux
Qui t'iront le mieux.

Ils sortent.

SCENE IV.

LISETTE, *seule.*

AIR. *Ah qu'il y va gaiment.*

POUR son Rival il est galant ;
Ah, qu'il y va gaîment !
Quel sera son emportement

S'il vient à le reconnoître !
Ah, qu'il y va notre Maître,
Ah, qu'il y va gaîment !

AIR. *C'est une excuse.*

De le tromper, j'ai du regret,
Et mon cœur gémit en secret,
D'employer cette ruse ;
Mais l'interêt de notre amour
Exigeoit ce petit détour ;
C'est une excuse.

SCENE V.

LISETTE, Mlle. CATIN.

Mlle. CATIN.

AIR. *Ton humeur est Cathérine.*

PARLEZ donc, Mademoiselle,
Contre vous il faut luter,
Et pour une Péronnelle,
Mon amant veut me quitter !

LISETTE.

Quelle est cette jalousie !
D'où vient cet emportement !
Moi, je n'eus jamais d'envie
De vous ôter votre Amant.

Mlle. CATIN.

AIR. *Du Cap de bonne-esperance.*

Ma fureur est sans égale,
Vous prétendez me duper;
Mais les yeux d'une Rivale
Sont trop fins pour les tromper.
Malgré le nœud qui nous lie,
L'ingrat Dorimon m'oublie,
Et mon cœur dans son courroux
Ne peut s'en prendre qu'à vous.

LISETTE.

AIR. *Sans le sçavoir.*

Faites-vous donc au moins connoître;
Et que je sçache d'où peut naître
Le dépit que vous faites voir.
De vos desseins sur notre Maître,
Je n'ai pas pû m'appercevoir,
Et je vous aurai nui peut-être
Sans le sçavoir.

Mlle. CATIN.

AIR. *Menuet de Grandval.*

Voyez-vous la sainte-mitouche,
Fiez-vous à son air niais:
On ne diroit pas qu'elle y touche:
On la prendroit pour un Agnés.

LISETTE.

AIR. *Mariez, mariez-moi.*

Je n'ai point l'esprit jaloux ;
Prenez si c'est votre envie,
Dorimon pour votre Epoux,
Même je vous y convie ;
Mariez, mariez, mariez-vous ;
J'en serai ma foi ravie ;
Mariez, mariez, mariez-vous,
Formez les nœuds les plus doux.

Mlle. CATIN.

AIR. *On n'aime point dans nos forêts.*

Moi me marier ! Ah vraiment
Vous joüez ici la novice ;
Je suis une fille à talent,
Autrement dit, je suis Actrice,
Et les filles de mon état
Gardent toûjours le Célibat.

LISETTE.

AIR. *Vous m'entendez bien.*

Comment les Filles parmi vous
Ne peuvent point prendre d'Epoux ?

Mlle. CATIN.

Ce n'est point notre usage.

LISETTE.

Ah, ah !

Mlle. CATIN.

Mais on s'en dédommage.

LISETTE.

Expliquez-moi çà.

Mlle. CATIN.

AIR. *Est-ce que çà se demande.*

D'un engagement serieux
Nous évitons la gêne :
Le seul plaisir serre les nœuds
Qui forment notre chaîne ;
Suivant le cas que l'on en fait,
Notre ardeur est plus grande.

LISETTE.

En aimant, quel est votre objet ?

Mlle. CATIN.

Est-ce que ça se demande ?

AIR. *Nous joüissons dans nos hameaux.*

Pour sortir de l'obscurité,
Où le sort la fit naître ;
Une Fille par sa beauté
Doit se faire connoître ;
Partout son nom vole d'abord ;
Quelqu'un parle, on s'arrange ;
Et des injustices du sort,
L'Amour ainsi la venge.

LISETTE.

ARIETTE TROISIEME. No 3.

Votre cœur envain murmure,
Je vous jure
Que vous êtes dans l'erreur.
Jamais.
Pour moi l'opulence;
Plus j'y pense,
N'aura d'attraits:
Il faut faire,
Pour me plaire
Briller à mes yeux
Des dons plus précieux.

Mlle. CATIN.

AIR. *Allez Lison, ne craignez rien.*

Je reconnois votre candeur.
Adieu, conservez votre cœur;
Car il en est plus d'un Larron.
Mais surtout, prenez bien garde à M. Dorimon.

Lisette sort, & Mlle. Catin sort aussi, mais voyant entrer Bertholde, elle se tient au fond du Théâtre.

SCENE

SCENE VI.

BERTHOLDE, Mlle. CATIN.

BERTHOLDE, *en habit galoné.*

AIR. *De l'amour tout ſubit les loix.*

Que de gens on voit à Paris,
Comme moi vêtus en Marquis,
Qu'un haſard à peu-près ſemblable
A fait ainſi changer d'habits.
Le bonheur
Les met en faveur :
Sans eſprit
On a du crédit,
Par celui d'un objet aimable,
Le plus ſot réuſſit.

AIR. *Nous autres bons Villageois.*

Je puis donc en liberté
Voir ici ma chere Maîtreſſe,
Et ſous un titre emprunté
Jouir de toute ſa tendreſſe:
Du Patron l'amoureux deſſein
Ne me cauſe plus de chagrin.
Sûr que ma petite Liſon,
Ne mordra pas à l'hameçon.

Appercevant Mlle. Catin.

AIR.. *Ah mon Dieu que de jolies Filles.*

Mais quelle est cette joli-femme
Qui s'offre à mes yeux ?
L'abordant... Que cherchez-vous Madame ?

MLLE. CATIN.

Monsieur, en ces lieux,
Que cherchez-vous, vous-même ?

BERTHOLDE.

Je suis du Logis.

MLLE. CATIN.

J'en ressens un plaisir extrême,
Nous serons amis.

AIR. *Madame en verité.*

Votre habit est du dernier beau,
Il vous sied à merveille,
Le dessein en est tout nouveau,
L'étoffe est sans pareille.
A voir en tout
Votre bon goût,
Vous devez être un homme aimable,
Même adorable.

BERTHOLDE, *embarrassé.*

Madame, ... en verité...
Vous avez bien de la bonté.

Mlle. CATIN.

AIR. *Comm' v'là qu'est fait.*

Monsieur, sans paroître incivile,
Oserois-je vous demander,
Depuis quand notre bonne Ville
A l'honneur de vous posseder ?

BERTHOLDE.

Depuis... la veille de ces fêtes.

Mlle. CATIN.

Ce sejour sans doute vous plaît ?
Mais, parmi toutes vos Conquêtes,
Avez-vous fait choix d'un objet ?

BERTHOLDE.

Qu'est' qu'çà vous fait. *bis.*

Mlle. CATIN.

AIR. *Tout roule aujourd'hui dans le monde.*

C'est que j'ai vû certaine Belle,
Qui demeure en cette maison,
Dorimon trop épris pour elle,
Médite quelque trahison ;
S'il brûloit d'une ardeur nouvelle,
Je prendrois un Amant nouveau,
Dois-je faire la Tourterelle,
Tandis qu'il fait le Franc-moineau.

AIR. *Le jeune Berger qui m'engage.*

S'il brûloit d'une ardeur nouvelle,
Je ferois un Amant nouveau;
Je consens qu'il la trouve belle,
Je vous trouve bien fait & beau :
Dois-je faire la Tourterelle,
Tandis qu'il fait le Franc-moineau?

SCENE VII.

LISETTE, Mlle. CATIN, BERTHOLDE.

LISETTE.

AIR. *Jupin de grand matin.*

MON Frere, dès ce jour,
Il faut sans retour
Partir de ce sejour.

BERTHOLDE.

Pourquoi donc?

LISETTE.

Monsieur Dorimon
N'est plus à mes yeux
Qu'un objet odieux.

AIR. *Entre l'amour & la raison.*

Il se déclare mon Amant,
Il prétend que pour son argent
Je dois répondre à sa tendresse;
D'une telle témérité,
Mon cœur est encor agité.

Mlle. CATIN.

Quel excès de délicatesse!

LISETTE.

AIR. *Petits moutons gardez la plaine.*

Est-ce par interêt qu'on aime:
Trafique-t'on ainsi d'un cœur,
Il ne dépend que de lui-même.

BERTHOLDE.

Oui, vous avez raison, ma Sœur.

Mlle. CATIN.

AIR. *Je me ris de qui fait le brave.*

Si l'on m'aimoit, comme on vous aime:
Belle, je ne me plaindrois pas;
Je trouve une douceur extrême,
A voir compter bien de ducats.
Si l'on m'aimoit comme on vous aime:
Belle, je ne me plaindrois pas.

SCENE VIII.

M. DORIMON, LISETTE, BERTHOLDE, Mlle. CATIN.

M. DORIMON.

AIR. *Non je ne ferai pas, &c.*

LISON vous me fuyez, que votre crainte cesse,
Autant que vos attraits, j'aime votre sagesse ;
Si mes feux indiscrets ont pû vous offenser,
C'est un tort qu'en ce jour l'Hymen peut effacer.

AIR. *Babet, que t'es gentille.*

Oui, je t'offre ma main,
    Adorable Lisette,
Si tu veux, dès demain
L'affaire sera faite.

LISETTE.

Non, mon cher, Monsieur,
Non, c'est trop d'honneur
Pour une pauvre fille ;
D'ailleurs, mon cœur n'est plus à moi,
A quelqu'un j'ai donné ma foi,
Et je refuserois un Roi.

BERTHOLDE, *à part.*

Jarni, qu'elle est gentille. *bis.*

Mlle. CATIN.

AIR. *Ah Phaéton.*

Ah Dorimon ! eſt-il poſſible
Que vous ſoyez ſenſible
Pour une autre que moi :
Ah Dorimon ! eſt-il poſſible
Que vous m'ayez manqué de foi.

LISETTE.

ARIETTE QUATRIEME.

A tant de charmes,
Rendez les armes;
De ſes allarmes
Bornez le cours.
Calmes ſes peines :
De vos amours,
Serrez les chaînes
Pour toujours.

M. DORIMON.

AIR. *La Fontaine de Jouvence.*

Les beaux ſentimens qu'elle étale
De l'Opéra, ſont un fragment.
Je l'aimois d'une ardeur égale,
Sans crime, on rompt pareil engagement,
Et je pourrois être encor ſon Amant,
Sans qu'elle fût votre Rivale.

AIR. *Je n' sçaurois.*

Oui, c'est vous seule que j'aime,
Daignez couronner mes feux;
Faites mon bonheur suprême,
En nous unissant tous deux.

LISETTE.

Je n' sçaurois
Abandonner ce que j'aime,
J'en mourrois.

AIR. *Les Filles de Montpellier.*

Et toi mon cher Ecuyer,
Tu vois que ta sœur m'est chere.
Daignes pour moi t'employer;
Fais que je sois ton beaufrere.

BERTHOLDE, *à part.*

Ahi, ahi, ahi!

M. DORIMON.

AIR. *Nous sommes Précepteurs d'amour.*

Peinds-lui l'excès de mon ardeur,
Tu vois qu'elle n'est pas commune;
Va, tu peux faire mon bonheur,
Et moi je ferai ta fortune.

BERTHOLDE.

AIR. *Menuet d'exaudet.*

Les grandeurs,
Les honneurs,
La fortune,
Tout cela me tente peu.
Je vous en fais l'aveu.
Trop de bien importune,
Etre aimé,
Et charmé
D'une Belle,
C'est là le souverain bien;
Tout le reste n'est rien,
Sans elle.
Tenez dans notre Village
On n'en veut pas d'avantage.
Un objet
Qui nous plaît
Peut suffire,
Joyeux, on nous voit sauter;
Courir, danser, chanter,
Et rire.
Quelquefois
Vos Bourgeois
Qu'on envie,
Au sein même des plaisirs
Poussent de gros soupirs;
Quelle mélancolie!
A la Cour,
Ce séjour
Où tout brille,
On rit d'un ris emprunté,
Quand chez nous la gaîté
Pétille.

MIle. CATIN.

AIR. *Vous qui vous mocquez par vos ris.*

Oser à mes yeux la prier :
Ceci m'accable encore,
On cherit jusqu'à l'Ecuyer,
On fait plus, on l'implore?
Avec sa sœur vous marier !

M. DORIMON.

Oui, puisque l'adore.

MIle. CATIN *à* BERTHOLDE, *ironiquement.*

AIR. *De la Besogne.*

Allons donc mon bel Ecuyer,
Pour ton Maître il faut t'employer.
Brigue pour lui près de Lisette,
Et voilà ta fortune faite.

BERTHOLDE.

AIR *Laire la, laire lanlaire.*

Je ferois volontiers cela,
Mais...

M. DORIMON.

Que veut dire ce mais-là ?

BERTHOLDE.

Que je ne puis vous satisfaire,
Laire là laire, lanlaire, &c.

M. DORIMON.

AIR. *J'entends, le souper qui m'attend.*

Comment ?

BERTHOLDE.

Demandez à Lisette,
Sur ce point ma bouche est muette.

M. DORIMON.

Expliquez-vous donc clairement.

LISETTE.

Hé bien, voici tout le mystère.
Tenez, Bertholde n'est pas mon frere,
Vous voyez en lui mon Amant.

M. DORIMON.

AIR. *Ma raison s'en va beau train.*

Ton Amant ! ah qu'as-tu dit ?
Quelle rage me saisit ?
Quoi ! lorsque mes vœux
Vous portent tous deux
Plus haut que votre attente,
Vous trahissez mon tendre feu;

Mlle. CATIN, *à part.*

Ah que j'en suis contente !

M. DORIMON.

Morbleu !

Mlle. CATIN.

Ah, que je suis contente !

M. DORIMON.

ARIETTE CINQUIEME.

Dieux ! quel prix de ma tendresse !
Quoi Traîtresse,
Ma vive ardeur
N'a pû toucher votre cœur:
Rien n'est égal à ma rage :
Quoi ! pour votre apprentissage
Avoir
Laissé voir
Un cœur aussi noir !
A votre âge
Je n'ai pas dû prévoir
Un début, & si méchant & si noir.
Sexe trompeur & volage,
Pour jamais je me dégage.
Je reconnois mon erreur,
Rien n'est égal à ma rage :
Pour jamais je me dégage.
Je sors d'erreur.
Oui, oui, ce sexe abominable,
Je le donne tout au Diable,
De tout mon cœur ;
Jamais d'amour,
Après ce tour
Execrable.

Oui, ce Sexe abominable
Je le donne tout au Diable,
De tout mon cœur.

Il sort.

Mlle. CATIN.

AIR. *L'Amour n'est pas un jeu.*

Hé bien donc, Monsieur Dorimon,
Boudez, si cela peut vous plaire,
J'aurai plus d'une occasion
A pouvoir de vous me distraire:
Vingt marquis pour moi sont en feu,
Et briguent le moment propice;
Vous le sçavez, pour une Actrice,
Changement n'est qu'un jeu.

BERTHOLDE, *à Lisette.*

AIR. *Bouchez, Nayades.*

L'un d'un côté, l'autre de l'autre:
Ma Chere, allons aussi du notre;
Fuyons loin de cette maison,
Retournons à notre Village.

LISETTE.

Et de peur de contagion,
Quittons vîte cet équipage.

BERTHOLDE.

ARIETTE SIXIE'ME.

Le Ciel va rendre à mes vœux
Ma chere Crémaillere.

O jour heureux!
O ſort délicieux.
Pourquoi vous eſt-elle ſi chere?
Dira quelqu'envieux?
Voici la raiſon:
Aſſis ſans façon
Près de ma Liſon,
J'entends, avec elle, j'entends bouillir dans notre chaudiere,
Nos choux, nos marons
A gros bouillons.
Vien, vien, ma Menagere,
Vien, vien, dans ma chaumiére,
Vien voir bouillir nos marons
Ah, la bonne chere
Que nous allons faire,
O jour, ô ſort heureux!
O ſort délicieux.

APPROBATION.

J'Ai lû par Ordre de Monſeigneur le Chancelier *Berthold à la Ville*, Opera-Comique, faiſant partie du nouveau Recueil des Pieces repréſentées ſur le Théâtre de l'Opera-Comique, & je crois que l'on peut en permettre l'impreſſion. A Paris, ce 25 Février 1754.

CRE'BILLON.

PREMIERE ARIETTE.

QUand le hazard Enſemble, Les raſſemble,

Les raſſem- ble Quelque part, Quelque

part, Bon jour mon cher monſieur, Embraſſons-

nous; d'honneur, Je ſuis de bon cœur vôtre

ſervi- teur; Et dans le même tems, Il

rit à ſes dépens, Entre les dents, Bonjour mon

cher monſieur, Embraſſons-nous ; d'honneur, Je
ſuis de bon cœur vôtre ſervi- teur, Et
dans le même tems, Il rit à ſes dépens
Entre les dents, Entre les dents, Entre les
dents, Quand le hazard enſemble
Les raſſem-ble, Les raſſem- ble Quelque part,

Bonjour mon cher Monſieur, Embraſſons
nous, d'honneur; Je ſuis de bon cœur votre ſerviteur, Bonjour mon cher Monſieur,
Embraſſons, nous d'honneur, Je ſuis de
bon cœur vo- tre ſervi- teur, Je ſuis de
bon cœur votre ſer- vi- teur: Et dans le

même tems, Il rit à ſes dé-pens, Entre les
dents, Bonjour mon cher Mon- ſieur, Embraſſons
nous, d'honneur, Je ſuis de bon cœur votre
ſer- vi- teur, Et dans le même tems Il
rit à ſes dépens, Il rit à ſes dé- pens
Entre les dents, Entre les dents, Entre les dents.

II. ARIETTE

TEl qu'un petit oi- ſeau, Fo- lâ- tre ſous l'or-
Dans le fond de mon cœur, L'a-mour d'un ton flat-
meau, Je ſens l'A-mour ba- din S'a- gi- ter
teur, Tel que l'E- cho des bois Re- pe- te
dans mon ſein. Ah ! quel plaiſir charmant! Quel
mil- le fois.
ra- viſ- ſement ! Ah ! quel plaiſir charmant! Quel
ra- viſ- ſement ! Il ſau- tille, Il pétille, Il fre- tille, Mon cœur, Dieu plein d'a-

traits, Se livre à tes traits. Mon
cœur, Dieu plein d'attraits ; se livre à tes traits.
III. ARIETTE.
Vo- tre cœur en-vain mur- mure, Je vous
jure, Je vous jure Que vous êtes dans l'erreur ; Je vous jure, Je vous jure Que vous
êtes dans l'er- reur. Ja- mais pour moi

l'opu- lence, Plus j'y penſe N'au- ra
d'at- traits: Il faut fai- re lai-re lan-,
laire Pour me plaire, Briller à mes yeux,
Il faut fai- re Pour me plaire, Briller des
dons, plus pré-ci- eux, Il faut fai- re, Pour me
plaire, Il faut faire laire lan-laire Bril-

ler à mes yeux Des dons plus préci- eux, Il faut
faire laire lan- laire Briller à mes yeux Des dons
plus pré- ci- eux; Briller à mes yeux Des dons
plus préci- eux. Vo- tre cœur en-
vain mur- mure, Je vous ju-re, Je vous jure
Que vous êtes dans l'er- reur; Je vous jure,

Je vous jure Que vous êtes dans l'erreur.
Pour moi jamais l'o- pu- lence, Plus j'y
penſe; N'aura d'at traits. Je vous jure, Je vous
jure, Que vous ê-tes dans l'er-reur, Votre
cœur envain mur-mure, Votre cœur envain mur-
mure, Je vous jure, Je vous jure Que vous

êtes dans l'er- reur. Il faut fai- re
laire lan- laire, Pour me plaire, lai-re lanlaire, Il faut fai- re laire lan- laire, Briller à mes yeux Des dons plus préci- eux. Je vous
jure, Oui, je vous jure, Oui, Vous ê-
tes dans l'er- reur Oui, oui, Il faut fai- re

laire lan- laire, Il faut fai- re laire lan-
laire, Pour me plaire laire lan- laire Briller à mes yeux Des dons plus préci- eux, Faire
bril-ler laire lan- laire à mes yeux Des dons
plus pré-ci- eux.

IV. ARIETTE.

A Tant de char-mes, Rendez les ar- mes

De ſes al- la- rmes, Bornez le cours,
Calmez ſes pei-nes, De vos a- mours,
Ser- rez les chaines, Cal- mez ſes pei-nes,
Ser- rez vos chaî- - - -
nes, Ser- rez vos chaî- -
nes, Ser- rez vos chaî- . . -

nes, Ser- rez vos chai- - nes

Pour toû- jours. A tant de char- mes,

Rendez les ar-mes, De ses al- lar- mes

Bor-nez le cours, Calmez ses pei- nes,

Ser- rez vos chai- - - -

- - nes pour toû- jours,

Cal- mez ses pei- nes, Des vos a- mours
Serrez les Chaînes, Serrez les chaî-
nes
Pour toû- jours, Pour toû- jours.
V. ARIETTE.
Dieux! quel prix de ma ten-dresse, Quoi trai-
tresse, Quoi trai- tresse, Ma vive

ardeur, Ma vive ardeur, N'a pû tou-cher
votre cœur, Ma vive ardeur, Ma vive ardeur,
N'a pû toucher votre cœur. Rien n'eſt
é- gal à ma rage ; Quoy pour
votre appren- tiſ- ſage, Avoir laiſ-
ſé voir Un cœur auſ- ſi noir, A vo-

trê â-ge Je n'ai pas dû pré-voir, Un dé-
but & si méchant & si noir. A votre â-ge
Je n'ai pas dû pré-voir Un dé- but & si
méchant & si noir. Sexe trompeur & vo-
la-ge, Pour ja- mais je me dé- gage;
Je re- connois mon er- reur, Se-xe

trompeur & vo- lage, Je re- connois
mon er- reur. Rien n'eſt é-gal à ma rage,
Rien n'eſt é-gal à ma rage, Pour jamais je me dé- gage; Je re- connois mon erreur, Je ſors d'er- reur Oui, oui, Oui ce
ſexe a-bo-mi- nable, Je le donne tout au

Diable, Je le don- ne tout au Diable, De
tout mon cœur : Jamais d'amour, Après ce tour
E- xé- crable. Jamais d'amour Après ce tour
E-xé- carble, Oui, oui, oui, oui. Oui ce
ſéxe a- bo- mi- nable Je le donne tout au
Diable, Je le donne tout au Diable, De

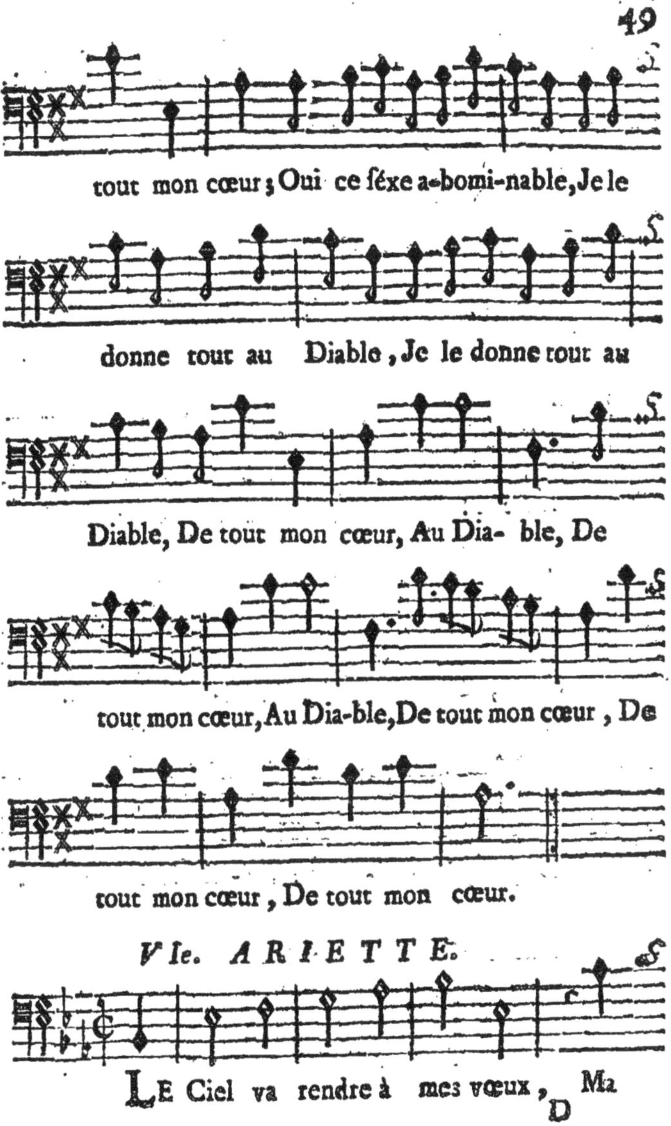
tout mon cœur ; Oui ce séxe a-bomi-nable, Je le
donne tout au Diable, Je le donne tout au
Diable, De tout mon cœur, Au Dia- ble, De
tout mon cœur, Au Dia-ble, De tout mon cœur, De
tout mon cœur, De tout mon cœur.
VIe. ARIETTE.
LE Ciel va rendre à mes vœux, Ma
D

chere cré- mail-le- re, O jour heureux ! O
sort dé- licieux ! O sort heureux ! O jour dé-
li-cieux ! Pour-quoi vous est-elle si
chére, Di- ra quelqu'en- vi- eux ? Dira quelqu'en- vi- eux ? Voi- ci la raison : As-
sis sans fa- çon, Près de ma Li- son :

J'entens a- vec el- le, J'entens bouillir
dans notre chau- diere, Bouillir nos
chous, nos marons, blo, blo, blo, blo, blo, blo,
blo, blo, blo, blo, blo, blo, Bouillir, blo, blo,
blo, blo, blo, blo, Nos chous nos ma-rons, Ah!
que nous nous ré- joü-irons De voir bouil-

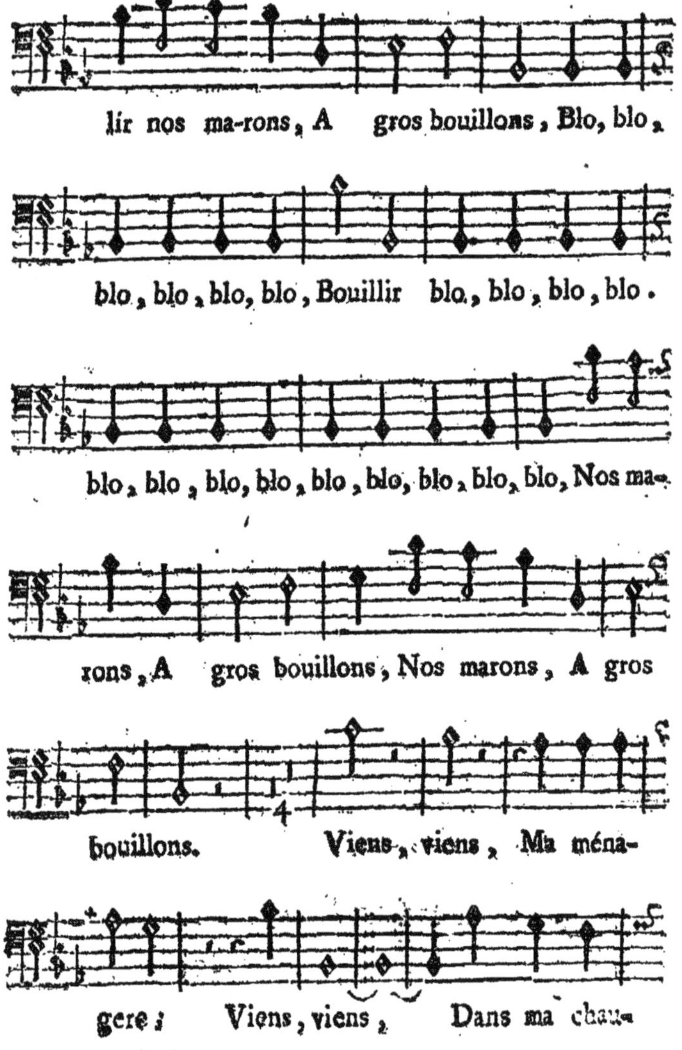
lir nos ma-rons, A gros bouillons, Blo, blo,
blo, blo, blo, blo, Bouillir blo, blo, blo, blo.
blo, blo, blo, blo, blo, blo, blo, blo, blo, Nos marons, A gros bouillons, Nos marons, A gros
bouillons. Viens, viens, Ma ména-
gere; Viens, viens, Dans ma chau-

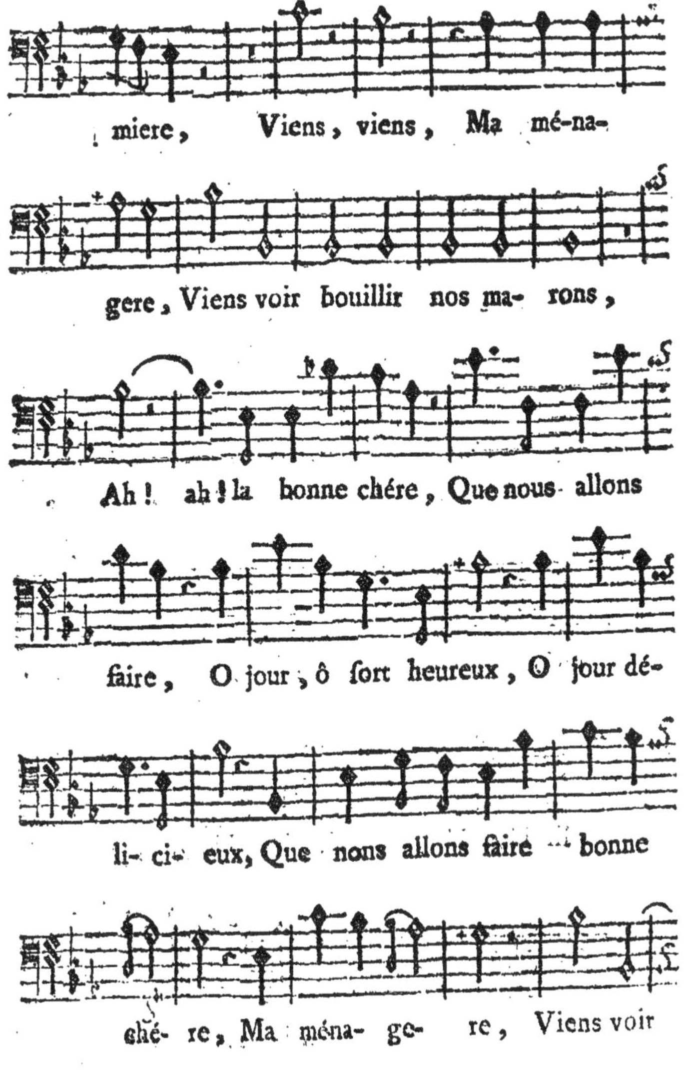
miere, Viens, viens, Ma mé-na-
gere, Viens voir bouillir nos ma- rons,
Ah! ah! la bonne chére, Que nous allons
faire, O jour, ô sort heureux, O jour dé-
li- ci- eux, Que nous allons faire bonne
ché- re, Ma ména- ge- re, Viens voir

bouillir dans notre chau-diere, Bouillir
dans no- tre chau- diere, Bouillir
Nos chous, nos marons, Blo, blo, blo, blo,
blo, blo, blo, blo, blo, blo, blo, blo, Bouillir blo, blo, blo, blo, blo, blo, blo, blo; Ah!
que nous nous di- verti- rons! Ah! que nous

nous ré- joüi- i- rons Que nous al- lons
fai-re dans no- tre chaudi- diere, Blo, blo,
blo, blo, blo, blo, blo, blo, Bouillir blo, blo,
blo, blo, blo, blo, blo, blo, blo, blo, blo, blo,
Nos chous, nos ma- rons A gros bouillons, A
gros bouil- lons.

FIN.

OPERA-COMIQUES NOUVEAUX.

Les Pelerins de la Mecque.
Les quatre Mariannes.
La Magie inutile.
Le Retour favorable.
La Fileuse, *Parodie.*
Le Poirier.
Le Bouquet du ROI.
Le Suffisant.
Les Troqueurs & le Rien, *Parodie.*
Le Recueil de Chanson.
Le Trompeur Trompé.
La Pipe cassé.

} Par M. *Vadé.*

Les Bouquets.
Le Miroir magique.
Le Rossignol.
Le Rossignol, de Rouen.
Les Fêtes de l'Hymen, ou la Rose.
Le Calendrier des Vieil.
Le Monde Renversé.
Les Boulevards.
La Coupe Enchantée.
Les Filles.
Le Plaisir & l'Innocence.
L'École des Tuteurs.
Bertolde à la Vile.
La Peruvienne.
Le Bal Bourgeois.

www.ingramcontent.com/pod-product-compliance
Ingram Content Group UK Ltd.
Pitfield, Milton Keynes, MK11 3LW, UK
UKHW021136230726
13926UKWH00002B/827

9 782014 019964